Yoan E.M

Le
Con
de
Beedle
le
Barde

HARRY POTTER

1. Harry Potter à l'école des sorciers
2. Harry Potter et la Chambre des Secrets
3. Harry Potter et le prisonnier d'Azkaban
4. Harry Potter et la Coupe de Feu
5. Harry Potter et l'Ordre du Phénix
6. Harry Potter et le Prince de Sang-Mêlé
7. Harry Potter et les Reliques de la Mort

AUTRES TITRES DISPONIBLES :

Le Quidditch à travers les âges
Les Animaux fantastiques

Les Contes de Beedle le Barde

Traduit des runes originales
par Hermione Granger

J. K. Rowling

LUMOS
Protecting Children. Providing Solutions.

Gallimard

Traduit de l'anglais par Jean-François Ménard

Titre original : *The Tales of Beedle the Bard*
Édition originale publiée en Grande-Bretagne en 2008
par Lumos (anciennement Children's High Level Group),
12-14 Berry Street, London, EC1V 0AU, United Kingdom
en association avec Bloomsbury Publishing Plc,
36 Soho Square, London, W1D 3QY

www.gallimard-jeunesse.fr
www.wearelumos.org

Loi n° 49-956 du 16 juillet 1949
sur les publications destinées à la jeunesse
Dépôt légal : avril 2016
Imprimé en Espagne par Novoprint (Barcelone)

Le papier de cet ouvrage est composé de fibres naturelles, renouvelables,
recyclables et fabriquées à partir de bois provenant
de forêts gérées durablement.

 SOMMAIRE 

INTRODUCTION, 9

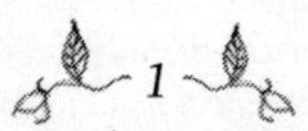

1

LE SORCIER ET LA MARMITE SAUTEUSE, 19

2

LA FONTAINE DE LA BONNE FORTUNE, 39

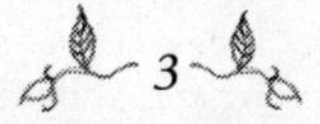

3

LE SORCIER AU CŒUR VELU, 63

4

BABBITTY LAPINA ET LA SOUCHE QUI GLOUSSAIT, 81

5

LE CONTE DES TROIS FRÈRES, 105

MESSAGE DE GEORGETTE MULHEIR, DIRECTRICE DE LUMOS, 126

INTRODUCTION

Les Contes de Beedle le Barde constituent un recueil d'histoires écrites à l'intention des jeunes sorciers et des jeunes sorcières. Pendant des siècles, elles ont été très appréciées des enfants à qui on les lisait le soir, avant qu'ils ne s'endorment, et c'est pourquoi la marmite sauteuse et la fontaine de la Bonne Fortune sont aussi célèbres chez les élèves de Poudlard que peuvent l'être Cendrillon ou la Belle au bois dormant chez les enfants de Moldus (les personnes dépourvues de pouvoirs magiques).

Sous bien des aspects, les histoires de Beedle ressemblent à nos contes de fées. Par exemple, la vertu y est habituellement récompensée et la méchanceté punie. Il existe cependant une différence manifeste. Dans les contes de fées des Moldus, la magie est généralement à l'origine des ennuis du héros ou de l'héroïne – la méchante

sorcière a empoisonné la pomme ou plongé la princesse dans un sommeil de cent ans ou transformé le prince en une bête atroce. Dans *Les Contes de Beedle le Barde,* en revanche, on rencontre des héros et des héroïnes capables d'accomplir des actes de magie mais qui, pour autant, n'éprouvent pas moins de difficultés que nous à régler leurs problèmes. Les histoires de Beedle ont aidé des générations de parents sorciers à expliquer à leurs jeunes enfants cette douloureuse réalité de la vie : la magie cause autant de difficultés qu'elle permet d'en résoudre.

Une autre différence notable entre ces fables et leurs équivalents moldus est que les sorcières de Beedle sont beaucoup plus actives dans la recherche de leur bonne fortune que les héroïnes de nos contes de fées. Asha, Altheda, Amata et Babbitty Lapina sont toutes des sorcières qui préfèrent prendre leur destin en main plutôt que de faire une sieste prolongée ou d'attendre que quelqu'un

leur rapporte une chaussure égarée. L'exception à cette règle – la jeune fille sans nom du *Sorcier au cœur velu* – est plus proche de l'idée que nous nous faisons d'une princesse de contes de fées mais l'histoire ne se termine pas par : « Ils vécurent heureux et eurent beaucoup d'enfants. »

Beedle le Barde a vécu au XVe siècle et la plus grande partie de sa vie demeure entourée de mystère. Nous savons qu'il est né dans le Yorkshire et l'unique gravure sur bois qui nous soit parvenue montre qu'il portait une barbe exceptionnellement foisonnante. Si ses histoires reflètent fidèlement ses opinions personnelles, on peut en conclure qu'il avait une certaine affection pour les Moldus, les considérant comme ignorants plus que malfaisants. Il se méfiait de la magie noire et pensait que les pires excès du monde des sorciers provenaient de traits trop humains tels que la cruauté, l'apathie ou une arrogance conduisant à un mauvais usage de leurs propres talents. Les héros et les héroïnes

qui triomphent dans ses histoires ne sont pas ceux qui disposent des pouvoirs magiques les plus puissants, mais plutôt ceux qui manifestent le plus de bienveillance, de bon sens et d'ingéniosité.

Il existe à l'époque moderne un sorcier dont le point de vue est très semblable. Il s'agit bien sûr du professeur Albus Perceval Wulfric Brian Dumbledore, Ordre de Merlin (première classe), directeur de l'école de sorcellerie de Poudlard, manitou suprême de la Confédération internationale des mages et sorciers et président-sorcier du Magenmagot. Quelle que soit cette communauté d'opinion, ce fut une surprise de découvrir dans les nombreux papiers qu'Albus Dumbledore a laissés par testament aux archives de Poudlard un ensemble de notes sur *Les Contes de Beedle le Barde*. Que ces commentaires aient été écrits pour son propre plaisir ou en vue d'une future publication, nous ne le saurons jamais. Le professeur Minerva McGonagall, aujourd'hui directrice de Poudlard, nous a cependant accordé l'aimable autorisation de reproduire les notes du professeur Dumbledore dans cette édition qui présente une toute nouvelle traduction des contes par Hermione Granger. Nous espérons que les judicieuses remarques de Dumbledore, qui comportent des observations sur l'histoire de la sorcellerie, des souvenirs personnels et des éclairages nouveaux sur des éléments clés de chaque histoire, aideront une nouvelle génération de lecteurs, sorciers ou Moldus, à apprécier *Les Contes de Beedle le Barde*. Tous ceux qui l'ont connu personnellement sont convaincus que le professeur Dumbledore aurait été enchanté de soutenir ce projet, étant donné que tous les droits d'auteur de ce livre seront versés à l'organisation Lumos dont le but est d'agir en faveur d'enfants qui ont un besoin désespéré de faire entendre leur voix.

Il semble légitime d'ajouter un petit commentaire sur les notes du professeur Dumbledore.

Autant que nous puissions le savoir, ces textes ont été achevés environ dix-huit mois avant les tragiques événements qui se sont déroulés au sommet de la tour d'astronomie de Poudlard. Ceux qui connaissent bien l'histoire de la récente guerre des sorciers (pour avoir lu, par exemple, les sept volumes de la vie de Harry Potter) sauront que le professeur Dumbledore révèle sur le dernier conte de ce livre un peu moins de choses qu'il n'en sait – ou n'en soupçonne. La raison de ces omissions réside peut-être dans ce que Dumbledore déclara, il y a bien des années, en parlant de la vérité à son élève préféré, qui est aussi le plus célèbre :

> *Elle est toujours belle et terrible, c'est pourquoi il faut l'aborder avec beaucoup de précautions.*

Que nous soyons ou non d'accord avec lui, peut-être pourrons-nous excuser le professeur Dumbledore d'avoir voulu protéger de futurs lecteurs des tentations auxquelles il fut lui-même en proie et pour lesquelles il dut payer un prix si terrible.

J.K. Rowling

2008

UNE NOTE SUR LES NOTES DE BAS DE PAGE

Le professeur Dumbledore semble avoir écrit ses commentaires pour un public de sorciers, j'ai donc parfois ajouté l'explication d'un terme ou d'un fait qui aurait nécessité des éclaircissements aux yeux d'un lecteur moldu.

J.K.R.

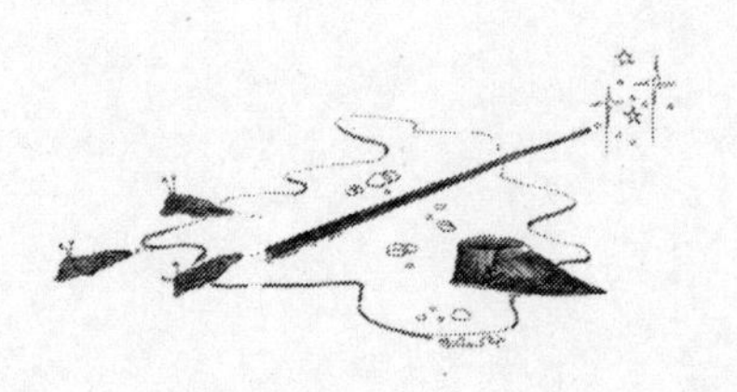

1

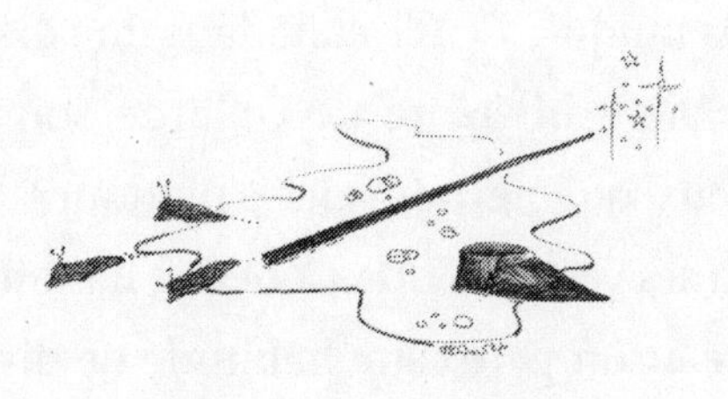

Le Sorcier et la marmite sauteuse

Il était une fois un vieux sorcier bienveillant qui utilisait sa magie avec sagesse et générosité pour le plus grand profit de ses voisins. Plutôt que de révéler la véritable source de ses pouvoirs, il prétendait que ses potions, charmes et antidotes jaillissaient tels quels de son petit chaudron qu'il appelait sa marmite de chance. À des kilomètres à la ronde, les gens venaient le voir pour lui exposer leurs

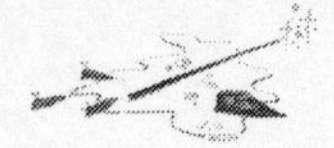

ennuis et le sorcier était ravi d'y porter remède en remuant quelque chose dans sa marmite.

Ce sorcier bien-aimé vécut jusqu'à un fort bel âge, puis il mourut, laissant tout ce qu'il possédait à son fils unique. Ce fils était dans une disposition d'esprit bien différente de celle de son aimable père. Ceux qui ne pouvaient pratiquer la magie étaient à ses yeux des bons à rien et il avait souvent reproché à son père cette habitude de dispenser à leurs voisins une aide magique.

Lorsque son père mourut, le fils trouva, caché à l'intérieur de la vieille marmite, un petit paquet sur lequel était inscrit son nom. Il l'ouvrit, espérant y découvrir de l'or, mais il ne contenait qu'une pantoufle, douce et épaisse, beaucoup trop petite pour qu'il puisse la porter. Il n'y avait même pas la paire. Glissé dans la pantoufle, un fragment de parchemin portait ces mots : « Avec l'espoir le plus cher, mon fils, que tu n'en auras jamais besoin. »

Le fils maudit la sénilité qui avait ramolli l'esprit

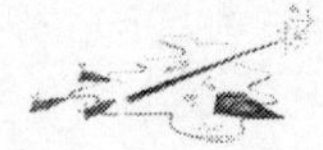

de son père et jeta la pantoufle dans le chaudron où il l'avait trouvée, décidant que désormais, la marmite lui servirait de boîte à ordures.

Cette nuit-là, une paysanne vint frapper à la porte.

– Ma petite-fille souffre d'une éruption de verrues, lui dit-elle. Votre père préparait un cataplasme spécial dans cette vieille marmite…

– Allez-vous-en ! s'écria le fils. Qu'ai-je donc à faire des verrues de votre marmaille ?

Et il claqua la porte au nez de la vieille femme.

Aussitôt, des cliquètements et des martèlements sonores retentirent dans la cuisine. Le sorcier alluma sa baguette magique et ouvrit la porte. Là, à son grand étonnement, il vit la vieille marmite de son père : un pied de cuivre unique lui avait poussé et elle sautait sur place, au milieu de la pièce, faisant un bruit terrifiant sur les dalles qui recouvraient le sol. Abasourdi, le sorcier s'approcha mais battit précipitamment en retraite lorsqu'il

constata que toute la surface de la marmite était couverte de verrues.

– Répugnant objet ! s'exclama-t-il.

Il essaya d'abord de lui lancer un sortilège de Disparition, puis de la nettoyer par magie et enfin de la forcer à sortir de la maison. Mais aucun de ses sorts ne donna de résultat et il fut incapable d'empêcher la marmite de sauter derrière lui quand il quitta la cuisine, puis de le suivre jusqu'à son lit, montant chaque marche de l'escalier de bois dans un cliquètement et un martèlement assourdissants.

Le sorcier ne put dormir de la nuit à cause du fracas que produisait à côté de son lit la vieille marmite couverte de verrues. Au matin, elle s'obstina à sauter derrière lui jusqu'à la table où il alla prendre son petit déjeuner. *Clang, clang, clang,* faisait la marmite au pied de cuivre et le sorcier n'avait même pas eu le temps d'entamer son porridge qu'on frappa à nouveau à la porte.

Un vieil homme se tenait sur le seuil.

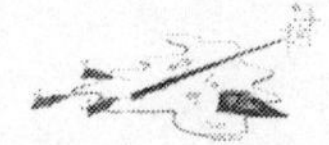

– C'est au sujet de mon vieil âne, monsieur, expliqua-t-il. Il est perdu ou on me l'a volé. Sans lui, je ne peux pas aller vendre mes marchandises et ma famille aura faim ce soir.

– Moi, c'est maintenant que j'ai faim ! rugit le sorcier.

Et il claqua la porte au nez du vieil homme.

Clang, clang, clang, fit le pied de cuivre de la marmite en sautant sur le sol mais à présent, des braiments se mêlaient à son vacarme et des gémissements affamés, aux accents humains, s'élevaient des profondeurs du chaudron.

– Tiens-toi tranquille. Silence ! hurla le sorcier d'une voix aiguë.

Aucun de ses pouvoirs magiques, cependant, ne put faire taire la marmite couverte de verrues et elle continua de sauter toute la journée derrière lui, brayant comme un âne, gémissant, cliquetant avec bruit, partout où il allait et quoi qu'il fît.

Ce soir-là, on frappa une troisième fois à la porte.

Sur le seuil se tenait une jeune femme qui sanglotait à fendre l'âme.

– Mon bébé est gravement malade, se lamenta-t-elle. S'il vous plaît, aidez-nous. Votre père m'avait dit de venir le voir si j'avais des ennuis…

Mais le sorcier lui claqua la porte au nez.

À présent, l'obsédante marmite s'était remplie jusqu'au bord d'eau salée et versait des larmes un peu partout en continuant de sauter, de braire, de gémir et de se couvrir d'autres verrues.

Bien que, pendant le reste de la semaine, aucun autre villageois ne fût venu demander de l'aide au sorcier, la marmite continuait de le tenir informé de leurs nombreux maux. Au fil des jours, elle ne se contenta plus de braire, de gémir, de répandre des larmes, de sauter et de se couvrir de verrues, elle s'étouffait à présent, était saisie de haut-le-cœur, pleurait comme un bébé, geignait comme un chien, déversait du fromage rance, du lait caillé et un flot dévastateur de limaces affamées.

Le sorcier ne pouvait plus ni dormir ni manger, avec cette marmite à côté de lui, mais elle refusait de le quitter et il ne pouvait la faire taire ou la forcer à l'immobilité.

Enfin, le sorcier ne put en supporter davantage.

– Venez m'apporter tous vos problèmes, tous vos ennuis, tous vos malheurs ! s'écria-t-il en s'enfuyant dans la nuit, la marmite sautant derrière lui sur la route qui menait au village. Venez ! Je vais

vous guérir, vous remettre sur pied, vous réconforter ! Avec la marmite de mon père, j'apaiserai tous vos maux !

La redoutable marmite bondissant toujours derrière lui, il courut le long de la grand-rue, lançant des sortilèges en tous sens.

À l'intérieur d'une des maisons, les verrues de la petite fille disparurent pendant son sommeil ; grâce à un sortilège d'Attraction, l'âne perdu fut ramené d'un lointain bosquet d'églantiers et remis en douceur dans son écurie ; le bébé malade fut inondé de dictame et se réveilla rose et frais. Dans chaque maison où s'étaient répandus maladie et chagrin, le sorcier fit de son mieux et peu à peu, la marmite, à côté de lui, cessa de gémir et d'avoir des haut-le-cœur. Elle devint silencieuse, propre et brillante.

– Alors, marmite ? demanda le sorcier en tremblant, tandis que le soleil commençait à se lever.

La marmite recracha la pantoufle qu'il avait

jetée dedans et lui permit d'en chausser son pied de cuivre. Puis ils retournèrent tous deux dans la maison du sorcier, le bruit de pas de la marmite enfin assourdi. Mais à compter de ce jour, le sorcier aida les villageois comme son père l'avait fait avant lui, de peur que la marmite ne se débarrasse de sa pantoufle et se remette à sauter.

Commentaire d'Albus Dumbledore sur *Le Sorcier et la marmite sauteuse*

Un vieux et bon sorcier décide d'infliger une leçon à son fils au cœur sec en lui donnant une idée des misères que subissent les Moldus des environs. La conscience du jeune sorcier s'éveille et il finit par accepter de faire usage de ses pouvoirs au profit de ses voisins dépourvus de magie. On pourrait penser qu'il s'agit là d'une fable simple aux vertus réconfortantes – mais il faudrait être un bien innocent benêt pour avoir une telle opinion. Une histoire pro-Moldus montrant qu'un père aimant les Moldus dispose de pouvoirs magiques supérieurs à ceux de son fils qui les déteste ? On ne peut qu'être stupéfait à la pensée que des copies de la version originale de ce conte aient survécu aux flammes auxquelles elles étaient si souvent livrées.

Beedle était d'une certaine manière en décalage avec son époque lorsqu'il dispensait un message d'amour fraternel envers les Moldus. Au début du XVe siècle, les persécutions contre les sorcières et les sorciers gagnaient dans toute l'Europe. Dans la communauté magique, beaucoup pensaient, à juste titre, que proposer de jeter un sort pour guérir le cochon malade d'un voisin moldu équivalait à se porter volontaire pour aller ramasser le bois de son propre bûcher[1]. « Laissons les Moldus se débrouiller sans nous ! » Tel était le cri des sorciers tandis qu'ils s'éloignaient de plus en plus de leurs frères non magiques, le point culminant étant l'institution

1. Il est vrai, bien sûr, que les authentiques sorcières et sorciers étaient passablement habiles à éviter le bûcher, le billot ou la potence (voir mes commentaires sur Lisette de Lapin dans mes notes sur *Babbitty Lapina et la souche qui gloussait*). Il y eut cependant de nombreuses victimes : sir Nicholas de Mimsy-Porpington (sorcier à la cour du roi durant sa vie puis fantôme de Gryffondor durant sa mort) fut dépossédé de sa baguette avant d'être enfermé dans un cachot et se trouva dans l'impossibilité d'utiliser ses pouvoirs magiques pour échapper à son exécution. Les familles de sorciers risquaient particulièrement de perdre leurs membres les plus jeunes, car leur incapacité à contrôler leur propre magie les rendait plus visibles, et donc plus vulnérables, aux chasseurs de sorcières.

du Code international du secret magique en 1689, quand la communauté des sorciers décida volontairement de passer dans la clandestinité.

Mais les enfants étant ce qu'ils sont, la grotesque marmite sauteuse s'empara de leur imagination. La solution consistait à débarrasser le conte de sa morale pro-Moldus tout en conservant le chaudron couvert de verrues et ainsi, vers le milieu du XVIe siècle, une version différente fut largement répandue parmi les familles de sorciers. Dans l'histoire révisée, la marmite sauteuse protège un sorcier innocent de ses voisins, qui brandissent torches et fourches, en les chassant de sa maison, en les attrapant et en les avalant tout entiers. À la fin, lorsque la marmite a englouti la plupart de ses voisins, le sorcier obtient des quelques villageois qui restent la promesse qu'ils le laisseront pratiquer sa magie en paix. En échange, il commande à la marmite de rendre ses victimes qui sont ainsi recrachées, quelque peu estropiées, de ses profondeurs.

Aujourd'hui encore, certains enfants de sorciers n'entendent que la version révisée qui leur est racontée par leurs parents (généralement anti-Moldus) et lorsqu'il leur arrive d'avoir l'original entre les mains, sa lecture constitue pour eux une grande surprise.

Cependant, comme je l'ai déjà laissé entendre, ce n'est pas seulement à cause de son sentiment pro-Moldus que *Le Sorcier et la marmite sauteuse* a provoqué des réactions de colère. Alors que la chasse aux sorcières se faisait de plus en plus féroce, les familles de sorciers commencèrent à vivre une double vie, utilisant des charmes de Camouflage pour se protéger. Au XVIIe siècle, tout sorcier ou sorcière qui choisissait de fraterniser avec des Moldus devenait un suspect et même un réprouvé dans sa propre communauté. Parmi les nombreuses insultes lancées aux sorciers pro-Moldus (des épithètes aussi colorées que « Vautre-en-Bourbe », « Lèchebouse » et « Gobefange » datent de cette période), il y avait celles qui supposaient des pouvoirs magiques insuffisants ou inférieurs.

Des sorciers influents de l'époque, tel Brutus Malefoy, directeur de *Sorcier en guerre*, une gazette anti-Moldus, entretenaient le stéréotype selon lequel un amoureux des Moldus avait à peu près autant de pouvoirs magiques qu'un Cracmol[2]. En 1675, Brutus écrivait :

> *Voici ce qu'on peut établir avec certitude : un sorcier qui marque de l'affection pour la société des Moldus est d'une intelligence inférieure et sa magie si insignifiante, si pitoyable, qu'il lui faut s'entourer de porchers moldus pour se sentir supérieur.*

2. Un Cracmol est une personne née de parents sorciers mais qui n'a pas elle-même de pouvoirs magiques. De tels cas sont rares. Les sorcières et sorciers nés de parents moldus sont beaucoup plus fréquents. J. K. R.

Il n'est pas de signe plus sûr d'une faible magie que la faiblesse envers une compagnie dépourvue de magie.

Ce préjugé a fini par disparaître devant l'écrasante évidence que certains des sorciers les plus brillants du monde[3] ont été, pour utiliser l'expression courante, des « amoureux des Moldus ».

La dernière objection soulevée par *Le Sorcier et la marmite sauteuse* demeure encore vivace aujourd'hui dans certains milieux. Elle fut sans doute le mieux résumée par Beatrix Bloxam (1794-1910), auteur des *Contes du champignon*, de sinistre réputation. Mrs Bloxam pensait que *Les Contes de Beedle le Barde* étaient préjudiciables aux enfants en raison de ce qu'elle appelait « leur obsession malsaine pour les sujets les plus affreux, tels que la mort, la maladie, les effusions de sang,

3. Tels que moi-même.

la magie malfaisante, les personnages morbides, les éruptions et épanchements corporels du genre le plus répugnant ». Mrs Bloxam reprit diverses histoires anciennes, dont certaines de Beedle, et les réécrivit pour les conformer à ses idéaux qu'elle définissait ainsi : « Emplir les esprits purs de nos petits anges de pensées saines et heureuses, épargner à leur doux sommeil tout rêve pernicieux et protéger la précieuse fleur de leur innocence. »

Le dernier paragraphe du *Sorcier et la marmite sauteuse*, retravaillé selon les idées pures et précieuses de Mrs Bloxam est ainsi rédigé :

> *Alors, la petite marmite d'or dansa avec délice – hop là, hop là, hop hop hop ! – sur ses minuscules orteils roses ! Mini Willyny avait guéri toutes les poupées de leur gros mal de ventre et la petite marmite était si heureuse qu'elle se remplit de bonbons pour Mini Willyny et les poupées !*

– Mais n'oublie pas de brosser tes petites quenottes ! s'exclama la marmite.

Mini Willyny embrassa la marmite qui faisait hop ! hop ! et la serra contre lui en promettant de toujours aider les petites poupées et de ne plus jamais être un vieux grognon-ronchon.

Le conte de Mrs Bloxam a suscité la même réaction chez des générations d'enfants sorciers : des haut-le-cœur incontrôlables, suivis de l'exigence immédiate que ce livre leur soit retiré de la vue et réduit en bouillie.

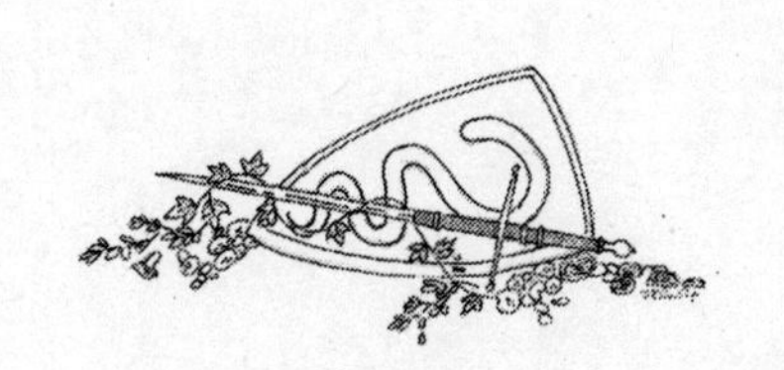

2

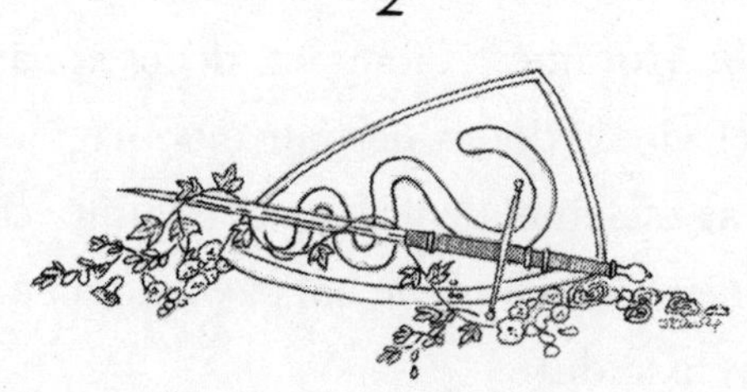

La Fontaine de la Bonne Fortune

Haut sur une colline, dans un jardin enchanté entouré de grands murs et protégé par de puissants sortilèges, jaillissait la fontaine de la Bonne Fortune.

Une fois par an, au cours des heures qui séparaient le lever et le coucher du soleil, au jour le plus long de l'année, un malheureux et un seul se voyait accorder la chance de se frayer un difficile

chemin jusqu'à la fontaine, de se baigner dans ses eaux et de recevoir à tout jamais la Bonne Fortune.

Au jour dit, des centaines de gens arrivaient de tout le royaume pour atteindre avant l'aube les murs du jardin. Hommes et femmes, riches et pauvres, jeunes et vieux, doués de pouvoirs magiques ou pas, ils se rassemblaient dans l'obscurité, chacun espérant être celui ou celle qui parviendrait à pénétrer dans le jardin.

Trois sorcières, chacune ployant sous le poids du malheur, se rencontrèrent dans les derniers rangs de la foule et se racontèrent leur détresse tandis qu'elles attendaient le lever du soleil.

La première, qui s'appelait Asha, était affectée d'une maladie qu'aucun guérisseur ne pouvait soulager. Elle espérait que la fontaine chasserait ses symptômes et lui accorderait une vie longue et heureuse.

La deuxième, qui s'appelait Altheda, s'était vu voler sa maison, son or et sa baguette magique par

un sorcier malfaisant. Elle espérait que la fontaine pourrait mettre un terme à son désarroi et à sa pauvreté.

La troisième, qui s'appelait Amata, avait été abandonnée par un homme qu'elle aimait tendrement, et elle pensait que jamais son cœur n'en guérirait. Elle espérait que la fontaine apaiserait son chagrin et sa nostalgie.

Prenant pitié l'une de l'autre, les trois femmes tombèrent d'accord, si la chance les favorisait, pour s'unir et essayer d'atteindre la fontaine ensemble.

Le premier rayon de soleil fendit le ciel et une brèche s'ouvrit dans le mur. La foule se porta en avant, chacun réclamant à grands cris la bénédiction de la fontaine. Des plantes grimpantes venues du jardin serpentèrent alors à travers la masse humaine qui se pressait contre la muraille et s'enroulèrent autour de la première sorcière, Asha. Celle-ci attrapa le poignet de la deuxième sorcière,

Altheda, qui saisit la robe de la troisième sorcière, Amata.

Amata se prit dans l'armure d'un chevalier à la mine lugubre, monté sur un cheval squelettique.

Les plantes grimpantes tirèrent les trois sorcières à travers la brèche du mur et le chevalier, arraché à son cheval, fut entraîné avec elles.

Les cris furieux de la foule déçue s'élevèrent dans l'air matinal, puis se turent lorsque la muraille du jardin se referma.

Asha et Altheda étaient en colère contre Amata qui avait accidentellement amené le chevalier avec elle.

– Une seule personne peut se baigner dans la fontaine ! Il sera déjà suffisamment difficile de décider laquelle de nous trois s'y plongera, sans avoir besoin d'ajouter quelqu'un d'autre !

À présent, Sir Sanchance, ainsi qu'on appelait le chevalier dans le pays qui s'étendait au-delà des murs, comprit qu'il avait affaire à des sorcières et,

comme lui-même n'avait aucun pouvoir magique, ni aucune habileté en matière de tournois ou de duels à l'épée, ni rien d'autre qui pût distinguer des autres un homme sans magie, il fut convaincu qu'il devait abandonner tout espoir d'arriver à la fontaine avant les trois femmes. Il déclara donc son intention de se retirer en retournant de l'autre côté du mur.

Quand elle l'entendit, Amata se mit en colère à son tour.

– Cœur de lièvre ! le gronda-t-elle. Tirez votre épée, chevalier, et aidez-nous à atteindre notre but !

Ainsi, les trois sorcières et le chevalier mélancolique s'aventurèrent dans le jardin enchanté, où des herbes, des fruits et des fleurs rares poussaient en abondance de chaque côté des sentiers baignés par la lumière du soleil. Ils ne rencontrèrent aucun obstacle jusqu'à la colline au sommet de laquelle se trouvait la fontaine.

Là, cependant, enroulé autour du pied de la colline, il y avait un ver, blanc, monstrueux, boursouflé et aveugle. À leur approche, il tourna vers eux une tête affreuse et prononça les paroles suivantes :

Payez-moi avec la preuve de votre douleur.

Sir Sanchance tira son épée et tenta de tuer la bête mais sa lame se cassa net. Puis Altheda jeta des pierres au ver, tandis qu'Asha et Amata essayaient tous les sortilèges qui auraient pu le soumettre ou l'envoûter mais le pouvoir de leurs baguettes magiques n'était pas plus efficace que les pierres de leur amie ou l'acier du chevalier : le ver refusait de les laisser passer.

Le soleil s'élevait de plus en plus haut dans le ciel et Asha, désespérée, se mit à pleurer.

Le grand ver appuya alors sa tête contre celle d'Asha et but les larmes qui coulaient sur ses joues. Sa soif apaisée, il s'écarta en ondulant et se volatilisa dans un trou du sol.

Se réjouissant de sa disparition, les trois sorcières et le chevalier entreprirent d'escalader la colline, persuadés qu'ils atteindraient la fontaine avant midi.

Parvenus à mi-hauteur, cependant, ils trouvèrent devant eux ces mots inscrits dans le sol :

Payez-moi avec le fruit de votre labeur.

Sir Sanchance prit son unique pièce de monnaie et la posa sur le flanc herbeux de la colline, mais elle roula sur la pente et fut perdue. Les trois sorcières et le chevalier poursuivirent leur escalade. Pourtant, ils eurent beau marcher pendant

des heures, ils n'avaient pas avancé d'un pas. Le sommet ne s'était pas rapproché et l'inscription était toujours gravée dans la terre, devant eux.

Ils étaient tous découragés, tandis que le soleil s'élevait au-dessus de leurs têtes et commençait à redescendre vers l'horizon lointain. Mais Altheda marchait plus vite et avec plus de force que les autres et elle les exhortait à suivre son exemple, bien qu'elle ne parvînt toujours pas à monter plus haut sur la colline enchantée.

– Courage, mes amis, n'abandonnez pas ! s'écria-t-elle en s'épongeant le front.

Alors que des gouttes de sueur luisantes tombaient sur le sol, l'inscription qui leur barrait le chemin s'effaça et ils s'aperçurent qu'ils pouvaient à présent recommencer à monter.

Enchantés de la disparition de ce deuxième obstacle, ils se hâtèrent en direction du sommet, avançant le plus vite possible, jusqu'à ce qu'ils aperçoivent enfin la fontaine qui étincelait

comme du cristal dans un berceau d'arbres et de fleurs.

Avant de pouvoir l'atteindre, cependant, ils se retrouvèrent devant un cours d'eau qui coulait tout autour du sommet de la colline, leur interdisant le passage. Dans les profondeurs de l'eau claire une pierre lisse portait ces mots :

Payez-moi avec le trésor de votre passé.

Sir Sanchance essaya de franchir le cours d'eau en flottant sur son bouclier mais il sombra. Les trois sorcières le tirèrent de l'eau puis tentèrent à leur tour de sauter le ruisseau mais il refusait de les laisser passer, et pendant ce temps, le soleil continuait de descendre dans le ciel.

Ils s'interrogèrent alors sur la signification du message inscrit dans la pierre et ce fut Amata qui

le comprit la première. Prenant sa baguette, elle arracha de sa tête tous les souvenirs des moments heureux qu'elle avait passés avec son amoureux disparu, et les laissa tomber dans l'eau vive du courant. Le ruisseau les emporta et des pierres émergèrent grâce auxquelles les trois sorcières et le chevalier purent enfin passer et gagner le sommet de la colline.

La fontaine scintillait devant eux, nichée parmi des herbes et des fleurs plus rares et plus belles que toutes celles qu'ils avaient vues jusqu'à maintenant. Une couleur de rubis embrasait le ciel et il était temps de choisir qui d'entre eux allait se baigner dans la fontaine.

Mais avant qu'ils aient pu se décider, la frêle Asha tomba sur le sol. Épuisée par tant d'efforts pour parvenir au sommet, elle était proche de la mort.

Ses trois amis auraient pu la porter jusqu'à la fontaine mais Asha éprouvait une douleur mortelle et elle les supplia de ne pas la toucher.

Altheda se hâta de cueillir toutes ces herbes dont les vertus lui semblaient prometteuses, les mélangea dans la gourde d'eau de Sir Sanchance et versa la potion ainsi obtenue dans la bouche d'Asha.

Aussitôt, Asha put se relever. Mieux encore, tous les symptômes de sa redoutable maladie avaient disparu.

– Je suis guérie ! s'écria-t-elle. Je n'ai pas besoin de la fontaine. Que ce soit Altheda qui s'y baigne !

Mais Altheda était occupée à recueillir d'autres herbes dans son tablier.

– Si j'arrive à guérir cette maladie, je gagnerai des tas d'or ! Que ce soit Amata qui se baigne !

Sir Sanchance s'inclina et fit signe à Amata de s'avancer vers la fontaine mais elle refusa d'un hochement de tête. Le cours d'eau avait emporté tous ses regrets d'avoir perdu son amoureux et elle se rendait compte à présent qu'il avait été cruel, infidèle et qu'être débarrassée de lui suffisait à son bonheur.

– Mon bon chevalier, c'est vous qui devez vous baigner en récompense de votre noblesse de cœur ! dit-elle à Sir Sanchance.

Alors, le chevalier s'avança dans un bruit d'armure, sous les derniers rayons du soleil couchant, et se baigna dans la fontaine de la Bonne Fortune, stupéfait d'avoir été choisi parmi des centaines d'autres et étourdi par cette incroyable chance.

Tandis que le soleil tombait au-dessous de l'horizon, Sir Sanchance émergea de l'eau, auréolé par la gloire de son triomphe et, dans son armure rouillée, il se jeta aux pieds d'Amata qui était la femme la plus belle et la plus aimable qu'il eût jamais contemplée. Exalté par son succès, il la supplia de lui accorder sa main et son cœur et Amata, qui n'était pas moins ravie que lui, comprit qu'elle avait trouvé un homme digne de l'une et de l'autre.

Les trois sorcières et le chevalier redescendirent la colline ensemble, bras dessus, bras dessous. Ils

eurent tous les quatre une longue vie de bonheur et aucun d'entre eux ne sut ni ne soupçonna jamais qu'il n'y avait pas le moindre enchantement dans les eaux de la fontaine.

Commentaire d'Albus Dumbledore sur *La Fontaine de la Bonne Fortune*

La Fontaine de la Bonne Fortune fera toujours partie de nos contes préférés, à tel point qu'il fut le sujet de l'unique spectacle qu'on ait jamais tenté de monter pour la fête de Noël de Poudlard.

Notre maître de botanique de l'époque, le professeur Herbert Beery[1], un adepte enthousiaste du théâtre d'amateur, proposa une adaptation de ce conte bien-aimé des enfants afin d'offrir aux enseignants et aux élèves un divertissement de choix à l'occasion de Noël. J'étais alors un jeune professeur de métamorphose et Herbert m'avait confié les « effets spéciaux », qui comportaient la fourni-

1. Le professeur Beery quitta finalement Poudlard pour enseigner à l'A.A.D.S. (Académie d'art dramatique des sorciers) où, me confia-t-il un jour, il conserva une très profonde aversion pour toute idée de représentation scénique de cette histoire, convaincu qu'elle porte malheur.

ture d'une fontaine de la Bonne Fortune en état de fonctionnement et d'une verte colline miniature sur laquelle nos trois héroïnes et notre héros donneraient l'illusion de marcher tandis qu'elle s'enfoncerait lentement sous la scène pour disparaître peu à peu à la vue.

Je crois pouvoir dire, sans aucune vanité, que ma fontaine et ma colline jouèrent toutes deux avec bonne volonté le rôle qui leur avait été confié. Hélas, on ne saurait en dire autant du reste de la distribution. Sans parler pour l'instant des frasques du gigantesque « ver » que nous avait procuré notre enseignant en soins aux créatures magiques, le professeur Silvanus Brûlopot, l'élément humain se révéla désastreux pour le spectacle. Le professeur Beery, dans son rôle de metteur en scène, avait dangereusement négligé l'imbroglio sentimental qui couvait sous son nez. Il ne savait pas que l'élève qui jouait Amata avait été la petite amie de celui qui jouait Sir Sanchance et que leur liaison

avait pris fin une heure avant le lever de rideau, c'est-à-dire au moment où « Sir Sanchance » avait transféré son affection sur « Asha ».

Il me suffira de dire que nos chercheurs de bonne fortune n'arrivèrent jamais au sommet de la colline. Le rideau s'était à peine levé que le « ver » du professeur Brûlopot – identifié à présent comme un Serpencendre[2] soumis à un sortilège d'Empiffrement – explosa dans une pluie de flammèches brûlantes et de poussière, remplissant la Grande Salle de fumée et de débris de décor. Tandis que les énormes œufs enflammés pondus par la créature au pied de ma colline embrasaient le plancher, « Amata » et « Asha » s'affrontaient, engageant un duel si féroce que le professeur Beery fut pris dans leurs feux croisés. Le personnel dut évacuer la salle car l'incendie qui faisait rage sur la scène menaçait de tout ravager et le divertissement

2. Voir *Les Animaux fantastiques* pour une description complète de ce curieux animal qui ne devrait jamais être volontairement introduit dans une pièce lambrissée de bois et qu'il ne faut surtout pas soumettre à un sortilège d'Empiffrement.

se conclut par une infirmerie surchargée. Il fallut plusieurs mois pour que la Grande Salle soit débarrassée de son piquant arôme de bois brûlé, plus longtemps encore pour que la tête du professeur Beery retrouve ses proportions habituelles et que la période de mise à l'épreuve du professeur Brûlopot soit levée [3]. Le directeur, Armando Dippet, imposa à l'avenir une totale interdiction de tout spectacle de Noël, instituant une fière tradition de renoncement théâtral que Poudlard a maintenue jusqu'à nos jours.

Indépendamment de notre fiasco scénique, *La Fontaine de la Bonne Fortune* est sans doute le plus populaire des contes de Beedle bien que, tout comme *Le Sorcier et la marmite sauteuse*, il ait ses détracteurs. Plus d'un parent a exigé le retrait de ce

3. Le professeur Brûlopot a survécu à pas moins de soixante-deux périodes de mise à l'épreuve au cours de sa carrière de professeur de soins aux créatures magiques. Ses relations avec mon prédécesseur à Poudlard, le professeur Dippet, ont toujours été tendues, le professeur Dippet le considérant comme quelque peu imprudent. À l'époque où je devins directeur, cependant, le professeur Brûlopot s'était considérablement assagi, même si certains ont exprimé le point de vue cynique selon lequel le fait de n'avoir plus qu'un membre et demi l'obligeait à adopter un rythme de vie plus paisible.

conte de la bibliothèque de Poudlard, notamment, par coïncidence, un descendant de Brutus Malefoy et ancien membre du conseil d'administration de Poudlard, Mr Lucius Malefoy. Mr Malefoy a formulé sa demande d'interdiction du conte en écrivant :

> *Toute œuvre, de fiction ou pas, qui fait état de croisements entre des sorciers et des Moldus devrait être bannie des rayons de Poudlard. Je ne souhaite pas que mon fils subisse des influences pouvant l'amener à souiller la pureté de son sang à travers la lecture d'histoires qui encouragent un mariage sorcier-Moldu.*

Mon refus d'enlever le livre de la bibliothèque fut approuvé par une majorité des membres du conseil d'administration. J'ai répondu à Mr Malefoy en lui expliquant ma décision :

> *Les soi-disant familles de sang pur ne maintiennent leur prétendue pureté qu'en*

supprimant de leurs arbres généalogiques les Moldus ou nés-Moldus, ou en mentant sur leurs origines. Ils tentent ensuite d'imposer leur hypocrisie aux autres en nous demandant d'interdire des œuvres qui traitent de vérités qu'eux-mêmes cherchent à nier. Il n'existe pas de sorcière ou de sorcier dont le sang n'ait pas été mélangé avec celui de Moldus et je considère donc comme à la fois illogique et immoral de retirer du domaine de connaissance de nos élèves des livres qui abordent ce sujet[4].

Cet échange a marqué le début de la longue campagne que Mr Malefoy a menée pour me destituer de mon poste de directeur de Poudlard et de celle que j'ai moi-même entreprise pour mettre un terme à sa position de Mangemort favori de Lord Voldemort.

4. Ma réponse a suscité plusieurs autres lettres de Mr Malefoy mais comme elles consistaient essentiellement en remarques désobligeantes sur ma santé mentale, mes origines familiales et mon hygiène, leur rapport avec ce commentaire n'est que très lointain.

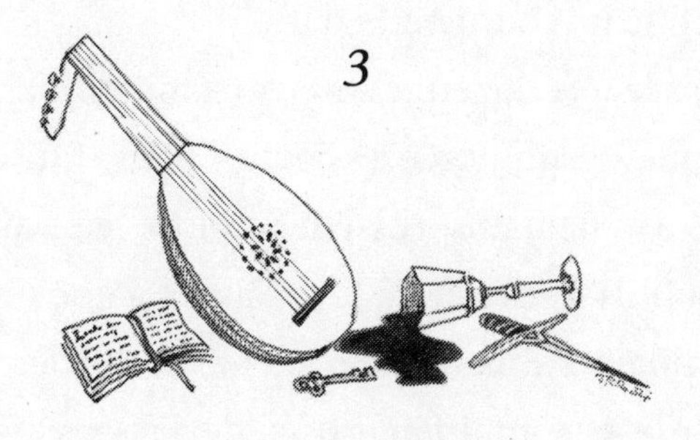

3

Le Sorcier au cœur velu

Il était une fois un jeune sorcier beau, riche et talentueux, qui avait remarqué que ses amis devenaient sots lorsqu'ils tombaient amoureux, folâtrant et se pomponnant, perdant l'appétit et leur dignité. Le jeune sorcier décida qu'il ne serait jamais la proie d'une telle faiblesse et il eut recours à la magie noire pour assurer son immunité.

Ignorant son secret, la famille du sorcier riait de le voir si froid et distant.

– Tout changera, prophétisaient-ils, lorsqu'une jeune fille lui tournera la tête !

Mais la tête du jeune sorcier ne lui tournait pas. Bien que de nombreuses jeunes filles, intriguées par ses airs hautains, eussent employé leurs arts les plus subtils à essayer de lui plaire, aucune ne parvint jamais à toucher son cœur. Le sorcier tirait gloire de son indifférence et de la sagacité qui l'avait suscitée.

Lorsque la première fraîcheur de la jeunesse déclina, les amis du sorcier commencèrent à se marier et à engendrer des enfants.

« Leur cœur ne doit plus être qu'une coquille ratatinée par les exigences de cette progéniture vagissante », ricanait-il intérieurement en observant les jeunes parents qui batifolaient autour de lui.

Et une fois de plus, il se félicitait de la grande sagesse qui l'avait amené à faire ce choix très tôt dans sa vie.

Le temps vint où les parents du jeune sorcier,

qui étaient âgés, moururent. Leur fils ne les pleura pas. Au contraire, il considéra leur décès comme une bénédiction. À présent, il régnait seul sur leur château. Ayant transporté son trésor le plus cher dans le plus profond des cachots, il s'adonna à une vie de bien-être et d'abondance, son confort devenant le but unique de ses nombreux serviteurs.

Le sorcier était convaincu qu'il devait inspirer une immense envie à tous ceux qui contemplaient sa superbe et paisible solitude. Sa colère et son dépit n'en furent donc que plus violents lorsqu'il entendit un jour deux de ses valets parler de leur maître.

Le premier serviteur exprimait sa pitié pour le sorcier qui, malgré toute sa richesse et tout son pouvoir, n'avait personne pour le chérir.

Mais son compagnon eut un rire moqueur et lui demanda pourquoi un homme qui possédait autant d'or et un château semblable à un palais n'avait pas été capable d'attirer une épouse.

Leurs paroles furent autant de coups terribles portés à l'orgueil du sorcier.

Il résolut aussitôt de prendre femme, et d'en trouver une qui serait supérieure à toutes les autres. Elle devrait être d'une beauté renversante et susciter désir et envie chez tout homme qui la verrait. Elle serait d'une lignée de sorciers pour que leurs enfants héritent de dons magiques exceptionnels. Et elle posséderait une fortune au moins équivalente à la sienne, afin que la confortable existence du sorcier soit assurée, en dépit de l'agrandissement de sa maisonnée.

Le sorcier aurait pu mettre cinquante ans à trouver une telle femme, mais il arriva qu'au lendemain même du jour où il avait décidé de la chercher, une jeune fille répondant à tous ses souhaits vint rendre visite à sa famille qui habitait le voisinage.

C'était une sorcière aux dons prodigieux et elle possédait également beaucoup d'or. Sa beauté

était telle qu'elle saisissait le cœur de tous les hommes qui posaient les yeux sur elle. Tous sauf un. Le cœur du sorcier ne ressentit rien du tout. Néanmoins, elle était la perle rare qu'il recherchait et il commença donc à lui faire sa cour.

Tous ceux qui remarquèrent ce changement dans les manières du sorcier en furent stupéfaits et dirent à la jeune fille qu'elle avait réussi, là où une centaine d'autres avaient échoué.

La jeune femme elle-même était à la fois fascinée et rebutée par les attentions du sorcier. Elle sentait la froideur qui existait derrière ses chaleureuses flatteries et elle n'avait jamais rencontré d'homme si étrange et si distant. Sa famille, cependant, estimait qu'ils étaient très bien assortis et, impatients de favoriser cette union, ils acceptèrent l'invitation du sorcier à un grand festin en l'honneur de la jeune fille.

La table, chargée d'une vaisselle d'or et d'argent, offrait les vins les plus fins et les mets les plus

somptueux. Des ménestrels, s'accompagnant de leurs luths aux cordes de soie, chantaient un amour que leur maître n'avait jamais ressenti. La jeune fille était assise sur un trône, au côté du sorcier, qui lui susurrait des mots tendres volés aux poètes, sans avoir la moindre idée de leur véritable signification.

La jeune fille écoutait, perplexe, et elle finit par lui répondre :

– Vous parlez bien, sorcier, et je serais enchantée de toutes vos attentions si seulement je pensais que vous aviez un cœur !

Le sorcier sourit et lui assura qu'elle n'avait pas de crainte à avoir en la matière. La priant de le suivre, il l'emmena à l'écart du festin et la fit descendre dans le cachot soigneusement verrouillé où il conservait son plus grand trésor.

Là, dans une châsse de cristal ensorcelée, reposait le cœur palpitant du sorcier.

Depuis longtemps privé de tout contact avec

des yeux, des oreilles ou des doigts, il n'avait jamais été sous le charme de la beauté, de la musique d'une voix, de la douceur d'une peau soyeuse. En le voyant, la jeune fille fut terrifiée car le cœur était tout ratatiné et recouvert de longs poils noirs.

– Oh, qu'avez-vous fait ? se lamenta-t-elle. Remettez-le là où il doit être, je vous en implore !

Comprenant que c'était indispensable pour lui plaire, le sorcier tira sa baguette, déverrouilla la châsse, se trancha la poitrine pour l'ouvrir, et remit le cœur velu dans la cavité béante qu'il avait autrefois occupée.

– Vous êtes guéri, à présent, et vous connaîtrez le véritable amour ! s'écria la jeune fille.

Puis elle l'étreignit.

La douceur de ses bras blancs, la légèreté de son

souffle dans son oreille, le parfum de sa lourde chevelure d'or, tout cela transperça comme des lances le cœur nouvellement éveillé. Mais il était devenu étrange au cours de son long exil, aveugle et sauvage dans l'obscurité à laquelle il avait été condamné, et il avait développé des appétits puissants et pervers.

Les invités du festin avaient remarqué l'absence de leur hôte et de la jeune fille. Au début, ils ne s'en étaient pas inquiétés, mais à mesure que les heures passaient, ils avaient fini par s'alarmer et avaient entrepris de fouiller le château.

Lorsqu'ils découvrirent enfin le cachot, un spectacle effroyable les attendait. La jeune fille était étendue morte sur le sol, la poitrine ouverte d'un coup de couteau, et à côté d'elle, le sorcier fou était accroupi, tenant dans sa main sanglante un grand cœur écarlate, lisse et brillant, qu'il léchait et caressait, s'étant juré de l'échanger contre le sien.

Dans son autre main, il tenait sa baguette magique, essayant d'inciter le cœur velu et desséché à sortir de sa propre poitrine. Mais le cœur velu était plus fort que lui et refusait d'abandonner l'emprise qu'il avait à présent sur ses sens, ou de retrouver le cercueil dans lequel il avait été si longtemps enfermé.

Devant les yeux horrifiés de ses invités, le sorcier jeta alors sa baguette et saisit un poignard d'argent. Faisant vœu de ne jamais se laisser dominer par son cœur, il l'arracha de sa poitrine à coups de couteau.

Pendant un instant, le sorcier triomphant resta à genoux, un cœur dans chaque main. Puis il s'affaissa en travers du corps de la jeune fille et mourut.

Commentaire d'Albus Dumbledore sur *Le Sorcier au cœur velu*

Comme nous l'avons déjà vu, les deux premiers contes de Beedle ont suscité des critiques en raison de leurs thèmes, la générosité, la tolérance et l'amour. *Le Sorcier au cœur velu*, en revanche, ne sembla pas avoir été modifié ou très critiqué au cours des siècles qui se sont écoulés depuis qu'il a été écrit. L'histoire telle que j'ai fini par la lire dans les runes originales était presque exactement celle que m'avait racontée ma mère. Cela étant dit, *Le Sorcier au cœur velu* est de loin le plus horrible des contes proposés par Beedle, et de nombreux parents s'abstiennent de le raconter à leurs enfants avant que ceux-ci aient atteint un âge qu'ils estiment suffisant pour pouvoir l'entendre sans faire de cauchemars[1].

Pourquoi, alors, ce conte macabre a-t-il survécu si longtemps ? J'avancerais l'hypothèse que *Le Sorcier au cœur velu* est resté intact à travers les siècles parce qu'il parle des sombres profondeurs que nous avons tous en nous. Il traite de l'une des tentations les plus puissantes et les moins avouées de la magie : la quête de l'invulnérabilité.

Bien sûr, une telle quête n'est rien d'autre qu'un fantasme insensé. Aucun homme, aucune femme, encore vivant, doué ou non de pouvoirs magiques,

1. Selon son propre journal intime, Beatrix Bloxam ne s'est jamais remise d'avoir entendu malgré elle cette histoire racontée par sa tante à des cousins plus âgés. « Tout à fait par hasard, ma petite oreille s'est retrouvée contre le trou de la serrure. J'imagine que j'ai dû être paralysée d'horreur, car j'ai entendu par inadvertance la totalité de cette histoire répugnante, sans parler des épouvantables détails de l'affaire terriblement déplaisante concernant mon oncle Nobby, la harpie locale et un sac de Bulbes sauteurs. Le choc a failli me tuer. Je suis restée couchée toute une semaine et j'ai été si profondément traumatisée que je suis devenue somnambule, prenant l'habitude de retourner chaque soir devant cette même serrure jusqu'à ce que, enfin, mon cher papa, pour mon plus grand bien, jette un maléfice de Glu sur ma porte chaque fois que j'allais me coucher. » Apparemment, Beatrix n'a pas trouvé le moyen de rendre *Le Sorcier au cœur velu* mieux adapté aux oreilles sensibles des enfants, car elle ne l'a jamais réécrit dans ses *Contes du champignon*.

n'a jamais échappé à une forme ou une autre de blessure physique, morale ou émotionnelle. Pour un humain, avoir mal, c'est comme respirer. Néanmoins, nous autres mages semblons particulièrement portés sur cette idée que nous pourrions soumettre la nature même de l'existence à notre volonté. Le jeune sorcier [2] de cette histoire, par exemple, décide que tomber amoureux aurait un effet négatif sur son confort et sur sa sécurité. Il voit l'amour comme une humiliation, une faiblesse, une perte de ressources matérielles ou émotionnelles.

Bien entendu, l'éternel commerce des philtres d'amour montre que notre sorcier de fiction est

2. Dans la version originale du conte, c'est le mot anglais « warlock » qui est utilisé. Il s'agit d'un terme très ancien. Bien que les mots « warlock » et « wizard » (autre terme qui signifie « sorcier ») soient parfois employés indifféremment, « warlock » désignait à l'origine un expert en matière de duels et de magie martiale. Il était également donné comme titre à des sorciers qui avaient fait preuve de bravoure, un peu à la manière des Moldus anoblis pour avoir accompli des actions d'une exceptionnelle valeur. En choisissant le mot « warlock » pour désigner le jeune sorcier de cette histoire, Beedle indique qu'il a déjà été reconnu comme particulièrement qualifié en magie de combat. Aujourd'hui, le monde des sorciers emploie le mot « warlock » de deux façons : pour décrire un sorcier d'apparence extraordinairement féroce ou comme titre dénotant une habileté ou une réussite notables. Ainsi, Dumbledore était lui-même « Chief Warlock » (président-sorcier) du Magenmagot. J. K. R.

loin d'être le seul à chercher à contrôler le caractère imprévisible de l'amour. La quête d'un véritable philtre d'Amour[3] se poursuit encore aujourd'hui, mais aucun élixir de cette nature n'a encore vu le jour et les fabricants de potions les plus éminents doutent que cela soit possible.

Le héros de cette histoire, cependant, n'est même pas intéressé par un simulacre d'amour qu'il pourrait créer ou détruire à volonté. Il veut rester à jamais protégé de ce qu'il considère comme une sorte de maladie et accomplit pour cela un acte de magie noire impossible à réaliser en dehors d'un recueil de contes : il enferme sous clé son propre cœur.

La similitude de cette action avec la création d'un Horcruxe a été relevée par de nombreux auteurs. Bien que le héros de Beedle ne cherche

3. Hector Dagworth-Granger, fondateur de la Très Extraordinaire Société des potionnistes, explique : « De puissants engouements peuvent être suscités par d'habiles potionnistes mais personne n'a jamais encore réussi à créer l'attachement véritablement indestructible, éternel, inconditionnel, qui seul peut-être qualifié d'amour. »

pas à éviter la mort, il a séparé ce qui, manifestement, n'était pas censé l'être – le corps et le cœur, au lieu du corps et de l'âme – et en agissant ainsi, il a violé la première des lois fondamentales de la magie d'Adalbert Lasornette :

Ne touche aux plus profonds mystères – la source de la vie, l'essence de soi – que si tu es préparé à en subir les conséquences les plus extrêmes et les plus redoutables.

Et en effet, en cherchant à devenir surhumain, ce jeune homme téméraire se rend inhumain. Le cœur qu'il a enfermé à l'écart se dessèche et se couvre de poils, symbolisant sa propre descente dans la bestialité. Il est finalement réduit à devenir un animal violent qui prend ce qu'il veut par la force et il meurt dans une tentative futile de reprendre ce qui est maintenant hors de sa portée – un cœur humain.

Bien qu'un peu datée, l'expression « avoir le cœur velu » est passée dans le langage courant du monde de la magie pour décrire une sorcière ou un sorcier qui fait preuve de froideur ou d'insensibilité. Honoria, ma tante restée demoiselle, prétendait toujours avoir rompu ses fiançailles avec un sorcier du Service des usages abusifs de la magie, car elle s'était aperçue à temps qu'il avait « un cœur velu ». (En réalité, d'après la rumeur, elle l'avait découvert en train de caresser un Horglup [4], ce qu'elle avait trouvé profondément choquant.) Plus récemment, un livre pratique intitulé *Le Cœur velu : comment s'y prendre avec les sorciers qui refusent de s'engager ?* [5] est arrivé en tête de la liste des best-sellers.

4. Les Horglups sont des créatures roses en forme de champignon, hérissées de poils durs. On comprend mal pourquoi quelqu'un aurait envie de les caresser. Pour de plus amples informations, voir *Les Animaux fantastiques*.

5. À ne pas confondre avec *Museau velu, cœur humain*, un témoignage déchirant sur la lutte d'un homme contre la lycanthropie.

4

Babbitty Lapina et la souche qui gloussait

Il y a longtemps, dans un pays lointain, vivait un roi stupide qui avait décidé qu'il devrait être le seul à disposer de pouvoirs magiques.

Il ordonna donc au chef de son armée de former une brigade de chasseurs de sorcières à qui il fournit une meute de chiens noirs et féroces. En même temps, il fit lire un avis dans chaque ville et village du royaume : « Le roi recherche un professeur de magie. »

Aucun sorcier, aucune sorcière véritables n'osèrent se porter volontaires à ce poste car tous se cachaient pour échapper à la brigade des chasseurs de sorcières.

Cependant, un rusé charlatan, qui n'avait pas le moindre don en matière de magie, vit là une chance de s'enrichir et arriva au palais en prétendant être un sorcier d'un immense talent. Le charlatan exécuta quelques tours très simples qui convainquirent le roi stupide qu'il possédait des pouvoirs magiques et il fut immédiatement nommé grand mage en chef, maître de magie personnel du roi.

Le charlatan demanda au monarque de lui donner un grand sac d'or afin qu'il puisse acheter des baguettes magiques et d'autres objets nécessaires à la pratique de son art. Il exigea également plusieurs gros rubis, qui devaient servir à des sortilèges de Guérison, et une ou deux coupes d'argent pour y conserver et y faire infuser des potions. Le roi stupide lui fournit tout cela.

Le charlatan mit son trésor en sûreté dans sa propre maison et retourna dans le parc du palais.

Il ne savait pas qu'il était observé par une vieille femme qui habitait une masure en bordure du parc. Elle s'appelait Babbitty et c'était la blanchisseuse chargée d'entretenir la douceur, la blancheur et le délicat parfum de tout le linge du palais. L'épiant à l'abri des draps qui séchaient, Babbitty vit le charlatan arracher deux petites branches de l'un des arbres du roi puis disparaître à l'intérieur du palais.

Le charlatan donna une des branches au roi et lui assura qu'il s'agissait d'une baguette magique dotée d'un formidable pouvoir.

– Mais elle ne fonctionnera, ajouta le charlatan, que lorsque vous serez digne d'elle.

Chaque matin, le charlatan et le roi stupide sortaient dans le parc du palais où ils brandissaient leurs baguettes et criaient des inepties en direction du ciel. Le charlatan veillait à exécuter d'autres

tours afin que le roi continue de croire à son talent de grand mage et au pouvoir des baguettes qui avaient coûté tant d'or.

Un matin, alors que le charlatan et le roi faisaient tournoyer leurs baguettes et sautaient en rond en scandant des rimes dépourvues de sens, un gloussement de rire parvint aux oreilles du roi. À la fenêtre de sa minuscule chaumière, Babbitty la blanchisseuse observait le monarque et le charlatan en riant si fort qu'elle disparut bientôt de leur vue, car elle n'avait plus la force de rester debout.

– Je dois singulièrement manquer de dignité pour faire tant rire la vieille blanchisseuse ! dit le roi.

Il cessa de sauter en rond et de faire tournoyer sa baguette, puis fronça les sourcils.

– Je suis las de m'entraîner ! Quand serai-je prêt à jeter de véritables sortilèges devant mes sujets, mage ?

Le charlatan s'efforça d'apaiser son élève, lui

affirmant qu'il serait bientôt capable de réaliser de stupéfiants prodiges, mais le rire de Babbitty avait vexé le roi stupide plus que ne pouvait s'en douter le charlatan.

– Demain, dit le monarque, nous inviterons notre cour à voir le roi faire une démonstration de magie.

Le charlatan comprit qu'il était temps d'aller chercher son trésor et de prendre la fuite.

– Hélas, Votre Majesté, c'est impossible ! J'avais oublié de dire à Votre Majesté que demain, je dois partir pour un long voyage...

– Si tu quittes ce palais sans ma permission, mage, ma brigade de chasseurs de sorcières te traquera avec ses chiens ! Demain matin, tu m'aideras à montrer mes pouvoirs magiques devant les dames et les seigneurs de ma cour et si quelqu'un se moque de moi, je te ferai trancher la tête !

Le roi rentra à grands pas dans son palais, laissant le charlatan seul et apeuré. Toute sa ruse ne

suffirait pas à le sauver, désormais, car il ne pouvait ni s'enfuir ni aider le roi avec des pouvoirs magiques dont tous deux étaient dépourvus.

Cherchant un exutoire à sa peur et à sa colère, le charlatan s'approcha de la fenêtre de Babbitty la blanchisseuse. Il jeta un coup d'œil à l'intérieur et vit la petite vieille occupée à polir une baguette magique. Derrière elle, dans un coin, les draps du roi se lavaient tout seuls dans un baquet en bois.

Le charlatan comprit aussitôt que Babbitty était une véritable sorcière et puisque c'était elle qui l'avait mis dans cette terrible situation, elle pouvait également l'en sortir.

– Vieille toupie ! rugit le charlatan. Ton éclat de rire m'a coûté cher ! Si tu ne m'aides pas, je te dénoncerai comme sorcière et c'est toi qui seras déchiquetée par les chiens du roi !

La vieille Babbitty sourit au charlatan et lui assura qu'elle ferait tout ce qui était en son pouvoir pour l'aider.

Le charlatan lui ordonna alors de se cacher dans un fourré pendant que le roi se livrerait à sa démonstration de magie et de jeter les sortilèges à sa place, à son insu. Babbitty accepta, mais elle posa une question :

– Et si le roi essaye de lancer un sort que Babbitty ne peut exécuter ?

Le charlatan eut un rire moqueur.

– Ta magie dépasse de très loin l'imagination de cet imbécile, affirma-t-il.

Et il se retira au château, très satisfait de sa propre ingéniosité.

Le lendemain matin, toutes les dames et tous les seigneurs du royaume se rassemblèrent dans le parc du palais. Le roi monta sur une estrade dressée devant eux, le charlatan à ses côtés.

– Je vais commencer par faire disparaître le chapeau de cette dame ! annonça le monarque en pointant sa petite branche d'arbre sur une femme de la noblesse.

Cachée à proximité, au creux d'un fourré, Babbitty pointa sa baguette sur le chapeau et le fit disparaître. Grands furent l'étonnement et l'admiration de la foule, et bruyants les applaudissements qui saluèrent le monarque ravi.

– Maintenant, je vais faire voler ce cheval ! s'écria le roi en dirigeant sa branche d'arbre sur son propre destrier.

Dans le fourré, Babbitty pointa sa baguette sur le cheval qui s'éleva haut dans les airs.

La foule, plus enthousiaste et plus éblouie que jamais, exprima par une grande clameur son appréciation des talents magiques de son roi.

– Et maintenant..., reprit le monarque en regardant alentour à la recherche d'une idée.

Le capitaine de la brigade des chasseurs de sorcières courut alors vers lui.

– Votre Majesté, dit-il, Sabre est mort ce matin après avoir mangé un champignon vénéneux ! Ramenez-le à la vie, Majesté, grâce à votre baguette !

Et le capitaine hissa sur l'estrade le corps sans vie du plus grand des chiens de chasse aux sorcières.

Le roi stupide brandit sa petite branche et la pointa sur le chien mort. Mais, dans le fourré, Babbitty sourit et ne se donna même pas la peine de lever sa baguette, car aucune magie ne peut ramener les morts à la vie.

Voyant que le chien ne bougeait pas, la foule se mit d'abord à murmurer, puis à rire. On soupçonna que les deux premiers exploits du roi n'étaient finalement que de simples tours d'illusionniste.

– Pourquoi cela ne marche-t-il pas ? s'écria le roi en se tournant vers le charlatan.

Celui-ci songea qu'il ne lui restait plus qu'une seule ruse possible.

– Là, Votre Majesté, là ! s'exclama-t-il en montrant du doigt le fourré dans lequel Babbitty s'était cachée. Je la vois clairement, une mauvaise sorcière qui lance ses propres sortilèges maléfiques

pour empêcher votre magie d'opérer ! Qu'on l'arrête, que quelqu'un se saisisse d'elle !

Babbitty s'enfuit aussitôt du fourré et la brigade des chasseurs de sorcières se lança à sa poursuite, lâchant ses chiens qui se mirent à aboyer, avides du sang de leur proie. Mais alors qu'elle atteignait une haie basse, la petite sorcière disparut et quand le roi, le charlatan et tous les courtisans passèrent de l'autre côté, ils virent la meute des chiens de chasse aux sorcières aboyer en grattant la terre autour d'un arbre courbé par l'âge.

– Elle s'est changée en arbre ! s'écria le charlatan et, de peur que Babbitty reprenne sa forme humaine et le dénonce, il ajouta : Faites-la abattre, Votre Majesté, c'est la seule façon de traiter les sorcières maléfiques !

Une hache fut aussitôt apportée et l'on abattit l'arbre sous les acclamations des courtisans et du charlatan.

Cependant, tandis qu'ils s'apprêtaient à retourner

au palais, un gloussement de rire sonore les figea sur place.

– Imbéciles ! s'écria derrière eux la voix de Babbitty qui s'élevait de la souche de l'arbre abattu. Il est impossible de tuer un sorcier ou une sorcière en les coupant en deux ! Si vous ne me croyez pas, prenez la hache et essayez donc de couper le grand mage en deux !

Le capitaine de la brigade des chasseurs de sorcières était impatient de faire l'expérience mais, alors qu'il levait la hache, le charlatan tomba à genoux, criant grâce et confessant son infamie. Tandis qu'on le traînait vers les cachots, la souche de l'arbre se mit à glousser plus bruyamment que jamais.

– En coupant une sorcière en deux, vous avez déclenché un épouvantable maléfice sur votre royaume ! dit-elle au roi pétrifié. Désormais, chaque fois que vous ferez du mal à l'un de mes semblables, sorcière ou sorcier, vous sentirez

comme un coup de hache dans votre propre flanc et la douleur sera telle que vous souhaiterez en mourir !

Le roi, à son tour, tomba alors à genoux et déclara à la souche qu'il allait immédiatement rédiger une proclamation par laquelle tous les sorciers et sorcières du royaume seraient protégés et autorisés à pratiquer leur magie en paix.

– Très bien, répondit la souche, mais vous n'avez pas réparé vos torts envers Babbitty !

– Tout, je ferai tout ce que vous voudrez ! s'écria le roi stupide en se tordant les mains devant la souche.

– Vous élèverez sur moi une statue de Babbitty, en souvenir de votre pauvre blanchisseuse et pour vous rappeler à jamais votre propre stupidité ! dit la souche.

Le roi accepta aussitôt et promit d'engager le plus éminent sculpteur du pays pour qu'il fasse une statue en or pur. Puis le roi honteux et tous les nobles seigneurs et dames de la cour retournèrent au palais, laissant la souche glousser de rire derrière eux.

Lorsque le parc fut à nouveau désert, un vieux lapin robuste et moustachu, une baguette magique serrée entre les dents, sortit en se tortillant d'un trou entre les racines de la souche. Babbitty traversa le parc à grands sauts et s'en alla très loin.

À tout jamais s'éleva alors sur la souche une statue d'or représentant la blanchisseuse, et plus aucun sorcier, plus aucune sorcière, ne furent persécutés dans tout le royaume.

COMMENTAIRE D'ALBUS DUMBLEDORE SUR *BABBITTY LAPINA ET LA SOUCHE QUI GLOUSSAIT*

L'histoire de *Babbitty Lapina et la souche qui gloussait* est de bien des manières le plus « réaliste » de tous les contes de Beedle, en ce sens que la magie qu'il y décrit est presque entièrement conforme aux lois magiques que nous connaissons.

C'est à travers cette histoire que beaucoup d'entre nous découvrirent pour la première fois que la magie était impuissante à ramener les morts à la vie – ce fut un grand choc et une grande déception, convaincus que nous étions, dans notre enfance, que nos parents avaient le pouvoir de réveiller nos rats ou nos chats morts d'un coup de baguette. Bien que six siècles se soient écoulés depuis que Beedle a écrit ce conte et alors que nous avons inventé d'innombrables moyens d'entretenir l'illusion d'une « présence continue[1] » de nos êtres chers, les sorciers n'ont toujours pas trouvé une manière de réunir le corps et l'âme après la mort. Ainsi que l'éminent philosophe de la sorcellerie, Bertrand de Pensées-Profondes l'a écrit dans sa très estimée *Étude sur la possibilité d'inverser les effets réels et métaphysiques de la mort naturelle, concernant en particulier la réintégration de l'essence et de la matière* : « Laissez tomber. On n'y arrivera jamais. »

Le conte de Babbitty Lapina nous offre cependant l'une des premières évocations littéraires d'un Animagus. Babbitty la blanchisseuse est douée, en effet, de cette rare faculté magique qui consiste à pouvoir se transformer à volonté en un animal.

Les Animagi ne représentent qu'une petite partie

1. Dans le monde des sorciers, les photos et les portraits bougent et, dans le cas de ces derniers, parlent exactement comme la personne qu'ils représentent. D'autres rares objets, tel le Miroir du Riséd, peuvent également révéler plus qu'une image statique d'un être cher. Les fantômes sont des versions transparentes, mobiles, parlantes et pensantes de sorciers et de sorcières qui ont souhaité, pour une raison ou une autre, demeurer sur terre. J. K. R.

de la population des sorciers. Réussir une transformation parfaite et spontanée d'un homme en animal demande beaucoup d'étude et d'entraînement, et nombre de sorciers ou de sorcières considèrent que leur temps serait mieux employé à d'autres matières. Il est certain que les applications pratiques d'un tel talent sont très limitées à moins qu'on ait grand besoin de se déguiser ou de se cacher. C'est pour cette raison que le ministère de la Magie a tenu à ce qu'on établisse un registre des Animagi, car il ne fait aucun doute que ce genre de magie est fort utile à ceux qui sont impliqués dans des activités secrètes, clandestines, ou même illicites [2].

Qu'il ait jamais existé une blanchisseuse capable de se transformer en lapin reste un sujet ouvert à la discussion. Cependant, certains historiens de la

2. Le professeur McGonagall, directrice de Poudlard, m'a demandé de préciser qu'elle était devenue un Animagus par la simple conséquence de ses recherches approfondies dans tous les domaines de la métamorphose, et qu'elle n'a jamais utilisé sa faculté de se transformer en chat tigré dans un but de dissimulation, en dehors de ses missions légitimes menées pour le compte de l'Ordre du Phénix, au cours desquelles le secret et le camouflage constituaient un impératif. J.K.R.

magie ont émis l'hypothèse selon laquelle Beedle avait pris pour modèle de Babbitty la célèbre sorcière française Lisette de Lapin, qui fut convaincue de sorcellerie à Paris, en 1422. À la stupéfaction de ses gardes moldus, accusés par la suite d'avoir aidé la sorcière à s'échapper, Lisette disparut de sa prison dans la nuit, la veille du jour prévu pour son exécution. Bien qu'il n'ait jamais été prouvé que Lisette était un Animagus ayant réussi de cette façon à se glisser entre les barreaux de sa cellule, un grand lapin blanc fut aperçu peu après, alors qu'il traversait la Manche dans un chaudron équipé d'une voile. Un lapin semblable devint plus tard un conseiller très écouté à la cour du roi Henry VI [3].

Dans l'histoire de Beedle, le roi est un stupide Moldu qui aspire à la magie tout en la redoutant. Il croit qu'il peut devenir sorcier simplement en

3. Ce qui a peut-être contribué à la réputation d'instabilité mentale de ce roi moldu.

apprenant des incantations et en brandissant une baguette magique [4]. Il est complètement ignorant de la nature véritable de la magie et des sorciers, et avale donc facilement les ridicules suggestions à la fois du charlatan et de Babbitty. Voilà qui est typique d'un certain type de pensée moldue : dans leur ignorance, ils sont prêts à accepter toutes sortes d'invraisemblances concernant la magie, y compris l'éventualité que Babbitty se soit transformée en un arbre qui puisse encore penser et parler. (Il est cependant intéressant de noter que Beedle utilise le moyen de l'arbre qui parle pour nous montrer l'ignorance du roi moldu, alors que

4. Ainsi que l'ont démontré, depuis déjà 1672, des études approfondies menées par le Département des mystères, les sorciers et les sorcières naissent ainsi, ils ne le deviennent pas. Même s'il arrive qu'une faculté « aberrante » d'accomplir des actes de sorcellerie se manifeste parfois chez des personnes qui n'ont apparemment pas d'ascendance magique (quoique diverses études ultérieures aient laissé entendre que leur arbre généalogique devait bien comporter quelque part un sorcier ou une sorcière), les Moldus sont incapables de lancer des sortilèges. Le mieux – ou le pire – qu'ils puissent espérer, c'est un effet aléatoire et incontrôlable produit par une véritable baguette qui, étant un instrument censé canaliser la magie, contient quelquefois un pouvoir résiduel qu'elle peut libérer à un moment ou à un autre – voir aussi la note sur la tradition des baguettes magiques dans *Le Conte des trois frères*.

dans le même temps, il nous demande de croire que Babbitty peut toujours parler après s'être transformée en lapin. Ce pourrait être une licence poétique, mais je crois plus probable que Beedle ait simplement entendu parler des Animagi, sans en avoir jamais rencontré un, car c'est la seule liberté qu'il prenne avec les lois de la magie dans cette histoire. Les Animagi ne conservent pas la faculté humaine de parler lorsqu'ils adoptent une forme animale, bien qu'ils soient toujours capables de penser et de raisonner. Comme tout écolier le sait, c'est la différence fondamentale entre être un Animagus et se métamorphoser en animal. Dans ce dernier cas, on devient entièrement cet animal et par conséquent, on ne sait plus rien de la magie, on oublie qu'on a été un sorcier et il faut l'intervention de quelqu'un d'autre pour retrouver, par une nouvelle métamorphose, sa forme originale.)

Je crois possible que, lorsqu'il fait prétendre à son héroïne qu'elle s'est transformée en arbre et qu'elle menace le roi de subir dans son propre flanc une douleur semblable à un coup de hache, Beedle ait été inspiré par de véritables traditions et pratiques magiques. Les arbres dont le bois sert aux baguettes ont toujours été farouchement protégés par les fabricants de baguettes magiques qui en prennent soin. Couper de tels arbres pour les voler risque de provoquer non seulement la vengeance des Botrucs [5] qui généralement y nichent, mais également les effets maléfiques des sortilèges de Protection dont ils ont été entourés par leur propriétaire. À l'époque de Beedle, le sortilège Doloris n'avait pas encore été déclaré illégal par le ministère de la Magie [6] et aurait pu précisément provoquer la douleur dont Babbitty menace le roi.

5. Pour une description complète de ces étranges habitants des arbres, voir *Les Animaux fantastiques*.

6. Le sortilège Doloris, l'Imperium et l'Avada Kedavra ont été déclarés impardonnables pour la première fois en 1717, des sanctions très sévères étant prévues contre ceux qui en feraient usage.

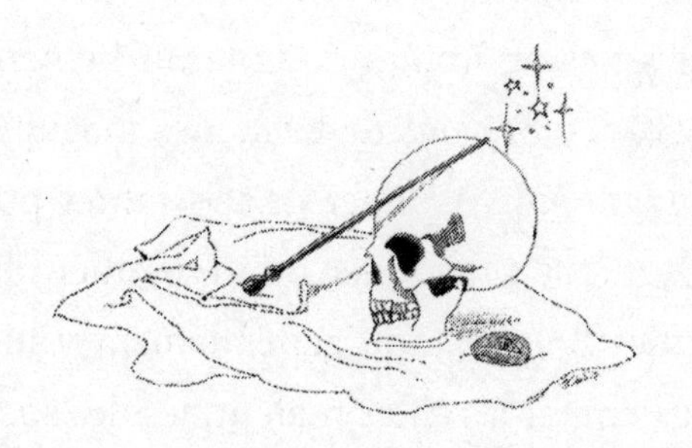

5

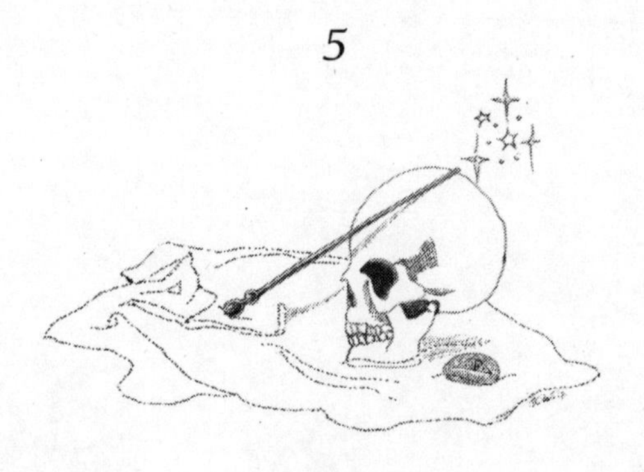

LE CONTE DES TROIS FRÈRES

Il était une fois trois frères qui voyageaient au crépuscule, le long d'une route tortueuse et solitaire. Après avoir longtemps cheminé, ils atteignirent une rivière trop profonde pour la traverser à gué et trop dangereuse pour la franchir à la nage. Les trois frères, cependant, connaissaient bien l'art de la magie. Aussi, d'un simple mouvement de baguette, ils firent apparaître un pont qui enjambait les eaux

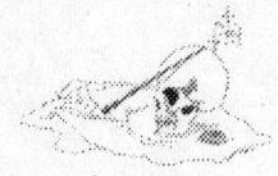

redoutables de la rivière. Ils étaient arrivés au milieu du pont lorsqu'une silhouette encapuchonnée se dressa devant eux en leur interdisant le passage.

C'était la Mort et elle leur parla. Elle était furieuse d'avoir été privée de trois victimes car, d'habitude, les voyageurs se noyaient dans la rivière. Mais elle était rusée. Elle fit semblant de féliciter les trois frères pour leurs talents de magiciens et leur annonça que chacun d'eux avait droit à une récompense pour s'être montré si habile à lui échapper.

Le plus âgé des frères, qui aimait les combats, lui demanda une baguette magique plus puissante que toutes les autres, une baguette qui garantirait toujours la victoire à son propriétaire, dans tous les duels qu'il livrerait, une baguette digne d'un sorcier qui avait vaincu la Mort ! La Mort traversa alors le pont et s'approcha d'un sureau, sur la berge de la rivière. Elle fabriqua une baguette avec l'une des branches et en fit don à l'aîné.

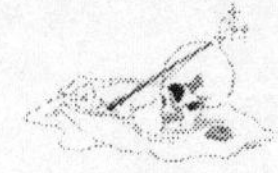

Le deuxième frère, qui était un homme arrogant, décida d'humilier la Mort un peu plus et demanda qu'elle lui donne le pouvoir de rappeler les morts à la vie. La Mort ramassa alors une pierre sur la rive et la donna au deuxième frère en lui disant que cette pierre aurait le pouvoir de ressusciter les morts.

Elle demanda ensuite au plus jeune des trois frères ce qu'il désirait. C'était le plus jeune mais aussi le plus humble et le plus sage des trois, et la Mort ne lui inspirait pas confiance. Aussi demanda-t-il quelque chose qui lui permettrait de quitter cet endroit sans qu'elle puisse le suivre. À contrecœur, la Mort lui tendit alors sa propre Cape d'Invisibilité.

Puis elle s'écarta et autorisa les trois frères à poursuivre leur chemin, ce qu'ils firent, s'émerveillant de l'aventure qu'ils venaient de vivre et admirant les présents que la Mort leur avait offerts.

Au bout d'un certain temps, les trois frères se

séparèrent, chacun se dirigeant vers sa propre destination.

L'aîné continua de voyager pendant plus d'une semaine et arriva dans un lointain village. Il venait y chercher un sorcier avec lequel il avait eu une querelle. À présent, bien sûr, grâce à la Baguette de Sureau, il ne pouvait manquer de remporter le duel qui s'ensuivit. Laissant son ennemi mort sur le sol, l'aîné se rendit dans une auberge où il se vanta haut et fort de posséder la puissante baguette qu'il avait arrachée à la Mort en personne, une baguette qui le rendait invincible, affirmait-il.

Cette même nuit, un autre sorcier s'approcha silencieusement du frère aîné qui dormait dans son lit, abruti par le vin. Le voleur s'empara de la baguette et, pour faire bonne mesure, trancha la gorge du frère aîné.

Ainsi la Mort prit-elle le premier des trois frères.

Pendant ce temps, le deuxième frère rentra chez lui où il vivait seul. Là, il sortit la pierre qui avait le pouvoir de ramener les morts et la tourna trois fois dans sa main. À son grand étonnement et pour sa plus grande joie, la silhouette de la jeune fille qu'il avait un jour espéré épouser, avant qu'elle ne meure prématurément, apparut aussitôt devant ses yeux.

Mais elle restait silencieuse et froide, séparée de lui comme par un voile. Bien qu'elle fût revenue parmi les vivants, elle n'appartenait pas à leur monde et souffrait de ce retour. Alors, le deuxième frère, rendu fou par un désir sans espoir, finit par se tuer pour pouvoir enfin la rejoindre véritablement.

Ainsi la Mort prit-elle le deuxième des trois frères.

Pendant de nombreuses années, elle chercha le troisième frère et ne put jamais le retrouver. Ce fut seulement lorsqu'il eut atteint un grand âge que le

plus jeune des trois frères enleva sa Cape d'Invisibilité et la donna à son fils. Puis il accueillit la mort comme une vieille amie qu'il suivit avec joie et, tels des égaux, ils quittèrent ensemble cette vie.

Commentaire d'Albus Dumbledore sur *Le Conte des trois frères*

Lorsque j'étais un jeune garçon, cette histoire me fit une très profonde impression. Je l'entendis pour la première fois raconter par ma mère et ce fut bientôt le conte que je réclamais plus souvent que les autres à l'heure du coucher. Cela provoquait fréquemment des disputes avec Abelforth, mon frère cadet, dont le conte préféré était *Grincheuse la chèvre pouilleuse*.

La morale du *Conte des trois frères* ne saurait être plus claire : les efforts humains pour fuir ou vaincre la mort sont toujours condamnés à la désillusion. Le troisième frère de l'histoire (« le plus humble et le plus sage ») est le seul qui l'ait compris. Ayant un jour échappé de peu à la Mort, le mieux qu'il

pouvait espérer était de retarder le plus longtemps possible leur prochaine rencontre. Ce plus jeune frère sait que se moquer de la Mort – en se vouant à la violence, comme le premier frère, ou en s'essayant à l'art obscur de la nécromancie [1], comme le deuxième – signifie se dresser contre un ennemi retors qui ne peut jamais perdre.

L'ironie veut que se soit développée autour de cette histoire une curieuse légende qui en contredit précisément le message original. Cette légende prétend que les présents offerts par la Mort aux trois frères – une baguette magique invincible, une pierre capable de ramener les morts, et une cape d'invisibilité éternelle – sont d'authentiques objets qui existent dans le monde réel. La légende va plus loin : si quelqu'un parvient à posséder légitimement ces trois objets, il ou elle deviendra le « maître

1. La nécromancie est l'art de faire revenir les morts. C'est une branche de la magie noire qui n'a jamais fonctionné, comme le montre cette histoire. J.K.R.

de la Mort », c'est-à-dire invulnérable et même immortel, d'après la signification qu'on donne habituellement à cette expression.

On peut rire, un peu tristement, de ce que cela nous apprend de la nature humaine. L'interprétation la plus indulgente qu'on pourrait en donner serait : « L'espoir jaillit, éternel, dans le cœur de l'homme [2] ». En dépit du fait que, selon Beedle, deux des trois objets sont hautement dangereux, en dépit du message très clair que la Mort finit toujours par venir à nous, certains sorciers – une toute petite minorité – persistent à croire que Beedle leur a envoyé un message codé, qui est exactement l'inverse de celui tracé dans l'encre, et qu'eux seuls sont suffisamment intelligents pour le comprendre.

Leur théorie (ou peut-être faudrait-il plutôt

2. Cette citation démontre qu'Albus Dumbledore n'était pas seulement exceptionnellement savant en matière de sorcellerie, mais qu'il était également familier du poète moldu Alexander Pope. J. K. R.

parler d'« espoir désespéré ») n'est guère soutenue par les faits. Les véritables capes d'invisibilité, quoique rares, existent dans notre monde. Cependant, le conte précise bien que la cape de la Mort est d'une nature permanente qui reste unique [3]. Au cours des siècles qui se sont écoulés entre l'époque de Beedle et la nôtre, personne n'a jamais prétendu avoir trouvé la cape de la Mort. Les vrais convaincus donnent à ce fait l'explication suivante : soit les descendants du troisième frère ne savent pas d'où leur vient leur cape, soit ils le savent et ont décidé de manifester autant de sagesse que leur ancêtre en s'abstenant de le clamer à tous vents.

Naturellement, la pierre non plus n'a jamais été

3. Les capes d'invisibilité ne sont généralement pas infaillibles. Elles peuvent se déchirer ou devenir opaques avec le temps, ou alors les sortilèges dont on les a dotées peuvent s'effacer ou être neutralisés par des charmes de Révélation. C'est pourquoi les sorcières et les sorciers ont habituellement recours, en premier lieu, à des sortilèges de Désillusion pour se camoufler ou disparaître. Albus Dumbledore avait la réputation de lancer des sortilèges de Désillusion si puissants qu'il pouvait se rendre invisible sans avoir besoin de cape. J. K. R.

découverte. Comme je l'ai déjà noté dans le commentaire sur *Babbitty Lapina et la souche qui gloussait*, nous sommes bien incapables de ramener les morts à la vie et il y a tout lieu de supposer que cela ne se produira jamais. De viles solutions de substitution ont, bien sûr, été essayées par des adeptes des forces du Mal qui ont créé les Inferi [4], mais il ne s'agit là que d'effrayantes marionnettes, pas d'êtres humains véritablement ressuscités. De plus, l'histoire de Beedle est très explicite sur le fait que l'amour perdu du deuxième frère n'est pas vraiment revenu d'entre les morts. Elle a été envoyée par la Mort elle-même pour attirer le deuxième frère dans ses griffes, et elle est donc distante, froide, à la fois présente et absente, tel un supplice de Tantale [5].

4. Les Inferi sont des cadavres réanimés par des pratiques de magie noire. J. K. R.
5. De nombreux critiques pensent que lorsqu'il a imaginé cette pierre capable de ranimer les morts, Beedle a été inspiré par la Pierre philosophale qui produit l'élixir de longue vie, source d'immortalité.

Il nous reste à présent à parler de la baguette et, sur ce point, ceux qui s'obstinent à croire à un message caché de Beedle disposent au moins de quelques éléments historiques pour soutenir leurs extravagantes affirmations. Car le fait est qu'au cours des âges – que ce soit pour se glorifier, pour intimider de possibles agresseurs, ou parce qu'ils croyaient sincèrement à ce qu'ils disaient –, des sorciers se sont vantés de posséder une baguette plus puissante que les autres, et même une baguette « invincible ». Certains de ces sorciers sont allés jusqu'à affirmer que leur baguette était en sureau, comme celle que la Mort aurait prétendument fabriquée. Ces baguettes ont reçu divers noms, parmi lesquels la Baguette de la Destinée et le Bâton de la Mort.

Il n'est guère surprenant que ces vieilles superstitions se soient développées autour de nos baguettes qui sont, après tout, nos instruments de magie et nos armes les plus importants. Certaines baguettes (et par conséquent leurs propriétaires) sont censées être incompatibles :

Si lui a une baguette en chêne
et elle une baguette en houx,
Les marier l'un à l'autre serait fou.

ou révéler des défauts dans le caractère de leurs propriétaires :

Le sorbier cancane, le châtaignier est monotone
Le frêne est entêté, le noisetier ronchonne.

Dans cette catégorie de dictons infondés, on trouve aussi :

Baguette de sureau, toujours un fléau.

Que ce soit parce que la Mort, dans l'histoire de Beedle, fabrique cette baguette de fiction dans du

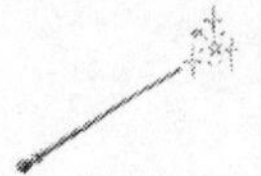

bois de sureau, ou parce que des sorciers violents, assoiffés de pouvoir, ont prétendu avec insistance que leur propre baguette était également en sureau, ce n'est pas un bois très apprécié par les fabricants.

La première référence sérieuse mentionnant une baguette de sureau dotée de pouvoirs particulièrement puissants et redoutables indique qu'elle appartenait à Emeric, communément surnommé « le Mauvais », un sorcier qui ne vécut pas longtemps mais se montra exceptionnellement agressif, terrorisant le Sud de l'Angleterre au début du Moyen Âge. Il mourut comme il avait vécu, à l'issue d'un duel féroce contre un autre sorcier connu sous le nom d'Egbert. On ne sait pas ce que devint Egbert, mais l'espérance de vie était habituellement assez brève chez les duellistes médiévaux. Au temps où il n'y avait pas encore de ministère de la Magie pour contrôler l'usage de la magie noire, les duels étaient généralement fatals.

Un bon siècle plus tard, un autre personnage déplaisant, du nom de Godelot, cette fois, fit avancer l'étude de la magie noire en transcrivant une série de dangereux sortilèges avec l'aide d'une baguette qu'il décrivit dans son manuscrit comme « ma plus malfaisante et subtile amie, avec un corps de seureau [6], qui connaît les voies des grandes noirceurs de la magie ». (*Des Grandes Noirceurs de la magie* devint le titre de l'œuvre maîtresse de Godelot.)

Comme on le voit, Godelot considère sa baguette comme une compagne, presque une éducatrice. Ceux qui connaissent bien la tradition des baguettes magiques [7] seront d'accord pour dire que les baguettes s'imprègnent véritablement des talents de ceux qui les utilisent, bien qu'il s'agisse là d'un processus imprévisible et très imparfait. Il faut prendre en compte toutes sortes d'autres

6. Ancienne orthographe de « sureau ».
7. Comme moi.

facteurs, comme la relation entre la baguette et son utilisateur, pour comprendre comment elle est susceptible de réagir avec tel ou tel individu. Toutefois, une baguette qui serait passée entre les mains de nombreux mages noirs aurait vraisemblablement, et à tout le moins, un penchant marqué pour les types de magie les plus dangereux.

La plupart des sorcières et des sorciers préfèrent avoir une baguette qui les a « choisis » plutôt qu'une baguette de deuxième main, précisément parce que cette dernière aurait pris auprès de son précédent propriétaire des habitudes peut-être incompatibles avec le style de magie de son nouveau possesseur. La coutume généralement en vigueur qui consiste à enterrer (ou à brûler) la baguette avec son propriétaire à la mort de celui-ci permet également d'éviter qu'une baguette apprenne trop de choses de trop de maîtres. Ceux qui croient à l'existence de la Baguette de Sureau, cependant, soutiennent que, par la façon même dont elle a toujours changé d'allégeance d'un possesseur à un autre – le prochain maître étant celui qui vaincra le précédent, généralement en le tuant –, elle n'a jamais pu être détruite ou enterrée mais a survécu en accumulant sagesse, force et pouvoir bien au-delà de l'ordinaire.

On sait que Godelot a péri dans sa propre cave où il fut enfermé par son fils dément, Hereward. Nous devons supposer que Hereward a pris la baguette de son père, sinon celui-ci s'en serait servi pour s'enfuir, mais nous ne pouvons être certain de ce qu'il en a fait par la suite. Ce qui est sûr, c'est qu'une baguette appelée la Baguette de Sambucus [8] par son propriétaire, Barnabas Deverill, est apparue au début du XVIIIe siècle et que Deverill s'en est servi pour se tailler une réputation de redoutable sorcier, jusqu'à ce qu'il soit mis fin à son règne de terreur par Loxias, un autre

8. Nom latin du sureau.

sorcier de sinistre réputation, qui s'empara de la baguette, la rebaptisa le Bâton de la Mort et s'en servit pour anéantir quiconque lui déplaisait. Il est difficile de retracer l'histoire ultérieure de la baguette de Loxias car nombreux sont ceux qui prétendent l'avoir tué, y compris sa propre mère.

Ce qui doit frapper n'importe quel sorcier intelligent en étudiant la supposée histoire de la Baguette de Sureau, c'est que tous ceux qui ont affirmé l'avoir possédée [9] ont répété qu'elle était « invincible ». Or, son passage entre les mains de nombreux propriétaires, qui est un fait bien connu, démontre que non seulement elle a été vaincue des centaines de fois mais qu'en plus, elle attire des ennuis à ses maîtres autant que Grincheuse la chèvre pouilleuse attirait les mouches. Finalement, la quête de la Baguette

9. Aucune sorcière n'a encore prétendu posséder la Baguette de Sureau. Vous en penserez ce que vous voudrez.

de Sureau vient étayer une observation que j'ai souvent eu l'occasion de formuler au cours de ma longue vie, à savoir que les humains ont le don de jeter leur dévolu sur les choses qui, précisément, leur font le plus de mal.

Mais qui d'entre nous aurait montré la sagesse du troisième frère, si on lui avait proposé de choisir l'un des présents de la Mort ? Sorciers et Moldus ont tous en eux la soif du pouvoir. Combien auraient su résister à la Baguette de la Destinée ? Quel être humain, ayant perdu un être cher, pourrait repousser la tentation de posséder la Pierre de Résurrection ? Même moi, Albus Dumbledore, je trouverais plus facile de refuser la Cape d'Invisibilité. Ce qui démontre simplement que, tout intelligent que je sois, je demeure un aussi grand imbécile que n'importe qui d'autre.

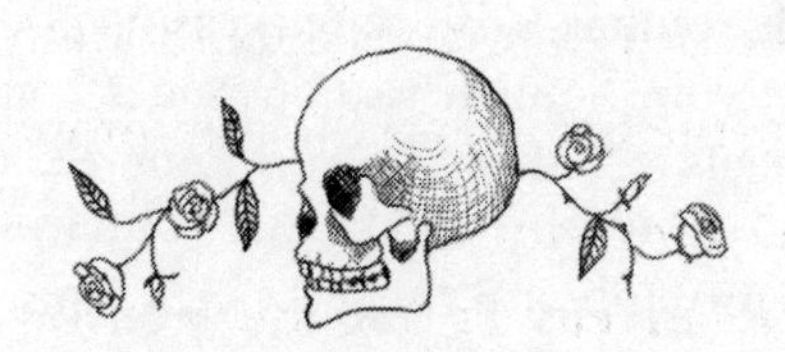

Chère lectrice, cher lecteur,

Merci beaucoup d'avoir choisi ce livre particulier et unique. Je voudrais saisir cette occasion pour expliquer comment votre soutien va nous aider à apporter des changements réels dans la vie de nombreux enfants vulnérables.

Plus d'un million d'enfants vivent dans de grandes institutions résidentielles un peu partout en Europe. Contrairement à l'opinion répandue, la plupart d'entre eux *ne sont pas* des orphelins, mais se trouvent séparés de leurs familles en raison d'un manque de services sociaux au sein de leur communauté et de discriminations à l'encontre de groupes spécifiques. La majorité des enfants qui vivent dans des institutions sont soit handicapés, soit issus d'une minorité ethnique ou de familles pauvres. Les conditions d'existence dans ces institutions ont pour conséquences de déposséder les enfants du sens de leur identité en tant qu'individus et de les priver de l'affection dont ils ont besoin pour que leur potentiel puisse grandir et se développer pleinement.

Des recherches dont les résultats ont été publiés prouvent que, à long terme, le placement dans des institutions a des effets préjudiciables au développement et à la santé des enfants. Il réduit leurs chances dans la vie et les empêche de connaître une enfance décente.

Pour changer l'existence de ces enfants marginalisés dans des institutions et essayer de faire en sorte que les générations futures ne subissent plus de telles souffrances, J. K. Rowling a fondé Lumos. Lumos est une organisation caritative qui s'efforce de transformer la vie des enfants défavorisés et de leur donner une voix qui permette de faire entendre leur histoire.

Lumos a pour but de mettre fin au recours à ces vastes institutions et de promouvoir des moyens qui permettraient à ces enfants de vivre dans des familles – la leur, des familles d'accueil ou adoptives dans leur propre pays – ou encore dans des foyers pour petits groupes.

Lumos agit à différents niveaux, depuis l'enfant en tant qu'individu, sa famille et l'institution elle-même, jusqu'aux gouvernements nationaux et aux décideurs internationaux. Nous établissons ainsi un lien entre les instances dirigeantes à leur plus haut niveau et l'action sur le terrain en faveur des enfants. Nous travaillons à améliorer et à rendre plus accessibles la santé, l'éducation et la protection sociale en nous assurant que chaque enfant, à titre individuel, reçoive l'attention et le soutien dont il ou elle a besoin.

Bien que de grands progrès aient été accomplis, l'ampleur de ce défi est immense et il faut beaucoup de temps pour mettre en pratique les changements majeurs nécessaires afin que tous les enfants puissent vivre au sein d'une famille. Il ne s'agit pas seulement de fermer des institutions. Chaque enfant doit bénéficier d'un placement planifié et individualisé dans une famille pour répondre à ses besoins et respecter ses droits. Parallèlement, les services sociaux au sein des communautés doivent être développés pour éviter que les enfants soient séparés de leurs familles et envoyés dans des institutions. Cela exige des changements significatifs dans l'attitude et les certitudes des professionnels, des politiques et de la société dans son ensemble.

Nous avons besoin de fonds pour élargir et multiplier nos actions, pour être présents dans un plus grand nombre de pays et aider encore plus d'enfants qui se trouvent dans la nécessité urgente d'être secourus.

Nous vous sommes sincèrement reconnaissants du soutien que vous nous apportez en choisissant ce livre. Ces fonds d'une importance vitale permettront à Lumos de poursuivre ses activités en donnant à des centaines de milliers d'autres enfants la chance de connaître une enfance véritable et un véritable avenir.

Pour en apprendre plus sur nous et savoir comment vous pouvez participer davantage, consultez notre site : www.wearelumos.org

Merci,

Georgette Mulheir,
Directrice, Lumos